· El hombre de los inventos ·

José Manuel Padilla Monge

EL HOMBRE DE LOS INVENTOS
Y OTROS RELATOS

Prologado por
José Antonio Moreno Jurado

Padilla Libros Editorial y Librería

Colección Esquina Maravilla, n.º 1
Dirigida por María Padilla Berdejo

© Padilla Libros Editorial y Librería, 2024
Texto: José Manuel Padilla Monge
Ilustraciones: Rosario Rodríguez González
Diseño de cubierta: Rosario Rodríguez González y
María Padilla Berdejo
Maquetación y corrección: María Padilla Berdejo

PADILLA LIBROS EDITORIAL & LIBRERÍA
C/ Trajano, 18
41002 Sevilla (España)
editorial@padillalibros.com

ISBN: 978-84-8434-796-5
Depósito Legal: SE 3087-2024

Impreso en Podiprint

JOSÉ MANUEL PADILLA MONGE

No puedo ser objetivo, ni lo pretendo, al recordar ahora, ante las páginas de sus últimas narraciones, décadas enteras de amistad, de charlas interminables sobre literatura y sobre creación literaria, de risas y de llantos ante los comportamientos humanos, de discusiones sobre la esencia del verdadero teatro de texto, de connivencias, de ironías, de nuestro entorno de vulgaridades y de desencantos. Toda una vida que iba pasando lentamente ante nuestros ojos sin apenas darnos cuenta, sin detenernos, como aquella rueda imparable a la que se referían los poetas del Medioevo y del Renacimiento.

Porque José Manuel Padilla fue, para nosotros al menos, el último renacentista sevillano, constante enamorado del libro, del conocimiento y de las artes, distribuidor, librero, mago, escritor, ensayista, maquetador, editor, actor y pintor. Todo le interesaba y todo lo devoraba como un perfecto renacentista.

Únicamente un librero de Fuentetaja, en Madrid, y mi fiel amigo José Manuel constituían, en aquellos momentos apasionados de juventud, casi los únicos libreros que podían citarte de memoria enrevesadas y coherentes bibliografías sobre los temas más dispares que pudieran encontrarse. Prodigiosa memoria, se me dirá, pero también un extraordinario amor por los libros, casi adoración, que infectaba irremediablemente a todos cuantos hablábamos con ellos junto a las estanterías o en la barra de algún pequeño café cercano. Los doctorandos, en efecto, quedaban entusiasmados, «alucinaban» se dice hoy, cuando José Manuel les indicaba una bibliografía pertinente para sus estudios o para sus tesis doctorales. Y dio buena prueba de todo ello, tiempo después, en el momento de la creación de la Facultad de Periodismo en Sevilla.

Éramos muy jóvenes entonces. José Manuel y Pilar pusieron una pequeña distribuidora de libros en Los Azahares; y yo, con el entusiasmo primero, les entregué mi primer libro de poemas, en edición de autor. Se imprimió en Madrid con mis primeros ahorros y, al instante, me arrepentí de él para siempre. Al pasar veinte años, José me mostraba pícaramente un ejemplar y me decía: «Nunca los quemé, nunca los quemé».

Era un tiempo azul, todavía, de ilusiones y esperanzas. Por aquellos días, fuimos en mi coche a Castilleja de Guzmán porque una asociación, no recuerdo el nombre, lo había invitado a que realizara para ellos ciertos juegos de magia. Nos sentamos a esperar en un bar a los responsables del acto, tomamos café o cerveza no sé cuántas veces, pero nadie acudió. Así pasamos la tarde y, cansados de esperar, regresamos a casa riéndonos a carcajadas de Samuel Beckett.

Un 21 de abril, festividad de Cervantes, José Manuel Padilla se propuso alterar la beatitud de los poetas sevillanos y realizar alguna hazaña incendiaria que moviese los ánimos o las voluntades. Era vieja costumbre suya abrir esa mañana la librería un poco antes, sacar los libros a la calle con sumo cuidado, preparar vino y otras bebidas, cortar un jamón con la parsimonia requerida y esperar la llegada de los poetas a partir de las doce.

Pero aquella mañana, contra lo habitual, José Manuel me pidió que lo acompañase al mercado de La Encarnación. Ignorando sus intenciones, nos acercamos a un señor que vendía pescado, conocido suyo, y le pidió no sé cuántas láminas de papel de estraza. Tras algunas dudas y regateos, el pescadero terminó por venderle lo que José Manuel deseaba y, orgulloso de su extraña proeza, volvimos a la librería. Me costaba adivinar para qué necesitaría aquel papel de tacto duro y deslizante, que no era exactamente igual, sólo parecido, al que se utilizaba en mi infancia en el mercado. Inmediatamente, como un obseso, se puso a trabajar mucho antes de que dieran las doce.

Resulta que, por aquellos meses, los poetas de Sevilla se dedicaban obstinadamente a escribir sextinas no sólo en castellano, sino, incluso, en cuatro o cinco lenguas diferentes, como en el caso de Aquilino Duque, según Fernando Ortiz. La sextina se convirtió, como el soneto en tiempos de José Luis Núñez y Joaquín Márquez, en la comidilla diaria, casi febril, de aquellas esferas parnasianas y se consideraba la regla perfecta para calificar o medir las aptitudes poéticas de cada uno, de manera que quien no hubiera escrito nunca una sextina no era nadie en el mundo de las letras. Antes, como digo, su lugar había estado presidido por el soneto, de manera que soneto y sextina llegaron a marcar dos momentos diferentes de la creación poética sevillana. Eran las luchas artísticas, sin sangre, aunque hirientes, de unos y de otros.

A mí, semejante medición versal, tanto por un soneto como por una sextina, me dejaba indiferente, porque consideraba que muchas otras virtudes debían darse en el verdadero poeta, además de la perfección métrica y de la rima inteligente. Por eso, hacía semanas que le había entregado a José Manuel una sextina de tono irónico y con el lenguaje antiguo que tanto le gustaba, sólo con la única, e inocente por supuesto, pretensión de reírnos un poco mientras tomábamos café.

Aquel día, José Manuel, sin decir una palabra, en un mutismo altivo y elegante de comedia mañanera, metió aquel montón de papel en la máquina y comenzaron a salir, de pronto, hoja a hoja, ejemplares de mi poema que él mismo había titulado Sextina libelada. Por mi parte, no conseguía desprenderme del asombro y, ante lo ya hecho e inevitable, opté por reírme y por negarme a pensar en las consecuencias que tendría aquella impresión. Muy sabiamente, José Manuel había decidido presentar el poema como anónimo. En adelante, yo no sería responsable de nada. Hasta el día de hoy.

A las doce, cuando más de cuarenta escritores se habían reunido a tomar desaforadamente su jamón y su vino, José Manuel fue regalando a cada uno de los asistentes un ejemplar de la obra. En ese momento, sintiéndome culpable o cómplice silencioso, me escapé al bar de enfrente para que nadie me viese. Y, según me dijo más tarde, los poetas salieron tras él e incluso quisieron agredirlo blandamente. El escándalo fue general, aunque los novelistas, que no entendían aquellas veleidades de los poetas, rieron a carcajadas. A la semana siguiente, José Manuel mandó enmarcar, con una caña dorada, algunas ejemplares de la sextina que habían sobrado.

Era un tiempo en el que José Manuel, Fernando Ortiz y yo mismo nos enzarzábamos en interminables discusiones sobre literatura un poco antes de abrir la librería de la calle Laraña. Era evidente que nunca nos poníamos de acuerdo, y José Manuel y yo, malhumorados, aunque divertidos, nos íbamos a tomar café mientras el tercero en discordia se iba a los servicios de la librería para leer, sentado tranquilamente, un día y otro, y un día más y otro día más, las obras de Bukowski.

En cuanto a su faceta de editor, recuerdo bien su constante curiosidad, su incansable deseo de cambiar, de inventar, de no repetirse, desde los Cuadernos de la Araña *hasta los cuadernos en papel vegetal a dos colores, como en el caso de los* Poemas de Elytis, *desde la* Antología de la poesía andaluza, *en cartoné, hasta la extraordinaria edición de la Serie Mínima dedicada a estudios griegos. Y desde las* Gracias y desgracias del ojo del culo, *de Quevedo, en edición comentada de Daniel Lebrato, hasta el* Heraldo de Padilla *para autores andaluces. Y enseñando siempre a los demás el secreto de la edición, como en el caso de Pepe Lebrato, y atento siempre al arte de la encuadernación en la que era un verdadero maestro. Siempre investigando en las posibilidades de la forma y del color. Tan apasionadamente que no fue raro así que perdiera un dedo entre los cortes afilados de su guillotina como otros perdieron el brazo en Lepanto. Ediciones artesanales, por otra parte, que requerían un verdadero esfuerzo no sólo en la impresión, sino en el alzamiento de las páginas.*

Y reímos y lloramos más de una vez ante el comportamiento de algunos poetas que ahora silencio. Y aprendimos a distinguir lo bueno y lo malo en literatura, la bondad y la maldad del hecho literario. Incluso, con la Antropología teológica, *de José María Garrido Luceño, aprendimos la existencia, por si no teníamos bastantes, de un nuevo pecado: el pecado estructural.*

Respecto a la atracción que sentía José Manuel por el castellano antiguo, a la que me refería antes al hablar de la Sextina, constituyen un buen ejemplo los pequeños aforismos que dedicó a las profesiones o a las actividades humanas.

Pero, quizás, una de las más fuertes pasiones artísticas en el corazón de José Manuel fuera el teatro. A él dedicó muchos de sus escritos y, como actor, mucho de su tiempo más valioso. Un buen día, no recuerdo cuándo, le comenté que había asistido, en la Universidad Laboral, a un Calígula *interpretado magistralmente por Alfonzo Zurro, y le aseguré que jamás había visto en un escenario a un actor con tanta fuerza y tantos* matices. *Sin mediar palabra, me llevó casi a la fuerza a los ensayos del grupo Mediodía y asistí a discusiones, lecturas, documentación exhaustiva y puesta en escena de* La tempestad *de Shakespeare. Nunca había visto en la ciudad una obra tan estudiada, tan consciente, tan trabajada incluso en los mínimos detalles. Nada al azar en la vocalización, en el movimiento, en la gesticulación de los actores. Una dirección impecable, ejemplar, de José María Rodríguez Buzón-Calle, rodeado por José Manuel, por Antonio Andrés Lapeña y por Roberto García Quintana. Y era la primera vez, además, que veía en Sevilla la expresión corporal convertida en arte. Pero, para mí al menos, la mejor actuación de José Manuel, lleno de vida, de fuerza, de nostalgia, de conciencia social y de comedimiento, fue la que consiguió realizar en su personaje de la dramaturgia sobre Juan de Mairena, en 1980, junto a Martín Vega Sanz.*

Y, con ese espíritu inquieto, casi renacentista como decía más arriba, José Manuel se interesó también por la pintura. Es cierto que, aunque para mí era un excelente pintor y yo lo animaba constantemente, José Manuel sabía muy bien sus limitaciones y tenía muy claro a dónde quería llegar en el mundo del arte pictórico. Pero recuerdo una anécdota que no quisiera olvidar. Un buen día, tomando café conmigo en cualquier sitio, llevaba en sus manos algunos folios. Yo le había hablado bastantes veces de mi torpeza en distinguir las formas de los árboles. Me equivocaba siempre y volvía a dibujarlos. Quiso enseñarme. Pintó sobre los folios, de memoria, sin mirar a ningún sitio, diez clases diferentes de árboles, de los que sólo me acuerdo ahora de un olivo y de un naranjo. Comprendí que su poder de observación era muy superior al mío. Y su destreza.

Durante más de cinco décadas vio pasar ante él los distintos escenarios de la historia de la literatura sevillana, incluso del arte, observando desde las bambalinas de la librería sus momentos de gloria y sus bajezas. Y, de soslayo, vio pasar también la política de la ciudad desde Amparo Rubiales y Alfonso Guerra hasta las derechas y las izquierdas más solapadas. La librería era para nosotros, así, un centro cultural de la ciudad, un continuo trasvase entre creación y pensamiento. Incluso Agustín García Calvo, acosado por jóvenes de todos los sexos, vino a hablarnos de algo que ya sabíamos desde hacía mucho tiempo: el emisor, el receptor y el ruido. José Manuel y yo nos confabulamos y disimulamos, con rostros serios, porque aquella vieja teoría nos hizo reír, por sabida, y divertirnos. Los últimos años, en cambio, me presentó a Benito Moreno, con quien José Manuel compartía chistes de extraordinaria ironía, ateos o beligerantes. Y se nos unía, cada jueves, Daniel Lebrato, Joaquín Alegre y algunos más, como contara en su momento Paco Correal en el Diario de Sevilla.

Los dos apostamos, cada uno a su forma, por la independencia de pensamiento y de conducta frente al discurrir del tiempo literario, del tiempo artístico y del tiempo político. Él desde el sarcasmo ante las conductas humanas y yo desde mi obstinado aislamiento, dos elementos esenciales, comple-

mentarios, de nuestros caracteres que siem-
pre nos unieron.

Sus escritos, por lo demás, reflejan eviden-
temente ese carácter al que me refiero y se
basan constantemente en la ironía, propia
como digo de su manera de ser, en el com-
portamiento tradicional o abigarrado de
los personajes, con frecuencia en situaciones
jocosas o extraordinarias, y en las formas
coloquiales. No cabe duda, en cambio, que
José Manuel se sentía en un ambiente más
familiar, más cercano o íntimo, cuando
se acercaba a las fórmulas teatrales, con-
cretamente al monólogo. No al monólogo
dramático de poetas como Eliot, Cernuda,
Kavafis y sus imitadores, sino al monólogo
en cuanto género dramático que se puso
de moda hace algunas décadas. Sea como
fuere, encontramos sus siguientes publica-
ciones: Breviario secreto sobre la mónita
con que ha de cuidarse el trato a las sobri-
nas carnales *(1993)*, Cinco monólogos
para lectores activos: actores *(1994)*, Dos
monólogos para actores con acompañan-
tes *(1994)*, Monólogos para monogramas.

Diez monólogos para actores y actrices meritorios (*1994*), Diálogos dramáticos (*1997*), Lapidario para gente non sancta (*1998*), Sigue, truhan, sigue. Relaciones de las aventuras eróticas vividas en menos de veinte días por el licenciado Grosso (*2003*), El culo. Glosario y compendio de los asuntos propios del trasero (*2004*), Angelita la Lechera y otras historias verdaderas inventadas (*2011*), Lujuria por compasión y otros relatos eróticos (*2014*), Los novios de Sanlúcar y otros textos encontrados entre corondeles, *de Amelia Corradi de Van Halen. Edición y prólogo de José Manuel Padilla (2017).*

Tuve la suerte de leer en 2010, en un simulacro de edición, El abanico. Un lujo entre las manos, *un libro de más de 400 páginas con cientos de fotografías y una bibliografía inmensa y exhaustiva, difícil de abarcar. Estudiaba en él los principios y el desarrollo del abanico a lo largo de la historia. Por razones que no vienen al caso, José Manuel no lo editó, y ha sido en este año 2021 cuando ha salido a la luz.*

Hoy sus hijos, Lolo y María, rinden a su memoria este pequeño homenaje en el que se recogen narraciones de épocas diferentes, bien porque las dejó abandonadas en su cajón, cuando fueron escritas, bien porque son de más reciente creación. Se han incluido aquí: «Apunte», que no tuvo título porque aseguraba a sus hijos que se trataba únicamente de un ejercicio de redacción, «Mesa de redacción», escrita hace bastantes años, «La panarra», que José Manuel había editado en papel de envolver, «Matagatos», «El hombre de los inventos», «Un cumpleaños» y, finalmente, «El vendedor de sueños y de patentes».

Entre todas esas narraciones me gustaría llamar la atención sobre la titulada «El hombre de los inventos». No por la poesía que se desprende del personaje en sí mismo, loco o cuerdo, y por el hecho de inventar continuamente lo imposible o lo absurdo, como hace a veces la poesía misma, sino porque la narración refleja perfectamente uno de mis asertos anteriores: la incursión o la presencia de José Manuel, como librero, actor y agi-

tador cultural, en medio siglo de la cultura sevillana.

José Antonio Moreno Jurado
Sevilla, 24 de diciembre de 2019

Las personas que, como yo, suelen salir de sus casas porque así se lo exigen sus familiares, so pretexto de envejecer más rápidamente todavía, alentamos nuestro paseo colaborando con el medio natural, es decir, sin teléfono, sin tableta y sin ningún otro artefacto digital que sirva para conectar con alguien a más de un metro de distancia.

Esta limitación alimenta el interés por saber algo más acerca de sucesos tontos, hueros o grandiosos –de todo hay–, que ocurren a nuestro alrededor más inmediato. Son cosas simplonas, pero bien cargadas de la ideología pertinaz que nos propinan los medios de masas, que, afortunadamente, no se ocupan de estas bobadas.

El autor

APUNTE

El hombre de los inventos..., p. 23

En medio hay una casita blanca con tejadillo rojo salpicado de cal. Oficinal imprudente de la áspera tierra cuarteada, arenosa, posada de gusanillos y negras mariposas donde los caballitos del diablo, cansados, alquilan sus trineos por las mañanas, pintando números de sombra encima del quemado pasto brillante.

Me asomé por la ventana que recorta la luz que sombrea la pared, y esperé un momento esforzándome en no pensar. Luego grité mi nombre, que sonó seco hasta lo esdrújulo. Recuperé después el aire perdido. Aguardé un rato. Mientras, pinté en el hueco de la ventana una barca en medio de un poco de agua, y quité el único trozo de cristal que había sobre la hoja marrón y sorda. Cuando terminé, me eché encima del quicio sacando medio cuerpo fuera, entrecerré los ojos y arañé con la vista lo más lejos posible. No. El eco no venía. No había eco. Entonces grité ¡contesta!

Rechinó la ventana con mi peso. Le evité el cansancio y, mojado un dedo en mi boca, puse saliva sobre la madera. Esta chupó descaradamente hasta la última pompita y me pidió más. Sonreí. Tiré el cristal roto y miré despacio a la barquita que había pintado. Le añadí al dibujo dos golondrinas. Por todo acorde me llegaba desde lo desconocido el mugido de una vaca y un silbido prolongado de pastor.

Hoy he vuelto a la casita, y en el quicio de la ventana hay muchos barquitos pintados.

MESA DE REDACCIÓN

Así como la cabra tira al monte, la perdiz al terruño y el lagarto a la pita, a mí me dio por esto de escribir apenas me explicaron la diferencia entre la o y la i, pues jugando con ellas, alargando o encogiendo sus entornos, multiplicando la una o la otra, sobreponiéndolas, medio borrándolas y tachándolas cuando me venía en ganas, aparecían sobre las pautas del cuaderno llantos de carneros, silbidos eternos de trenes lejanos, grandiosas experiencias de admiración, chirridos, ecos, risitas de hienas y hasta expresiones de espanto.

No era cosa de fantasía infantil, pues yo era por aquel entonces una «moza de buen ver», según decía don Matías, que no era ciego, no, y para demostrar que su afirmación era cierta, me palpaba la cintura para arriba y me decía al oído que, como médico, apostaba sus bigotes a que nunca caería malita. ¡Oooohhhh! Cuando caí, él no pudo sanarme, porque una enfermedad le dejó las manos como un congrio seco. Tanto palpar le dejó callos hasta en las uñas. ¡Iiiiiiiiiiiiii!

De eso le hablé a doña América; y después de sacar sus cabras a los pastizales del barbero, enseñome cuatro cosas que mi madre no acertaba a explicar. ¡Oooohhhh! Cuando, ayudada por las cabras, dejé como un desierto las tierras del barbero, que al parecer era enemigo de doña América –¡iiiii!–, me enseñó además cuatro letras, de cuyas dos primeras ya he comentado algo. La u tenía unas posibilidades inmensas, y no digamos de las otras, increíble.

Y así, poco a poco, dando tumbos entre libros y cuadernos de caligrafía, aprendí cuanto sé y cuanto entiendo, que no es mucho para tanto como saben otras criaturas.

Algún día tendré la oportunidad de contar varias cosas y sucedidos dignos de relatar, porque son pequeñas aventuras curiosas. Nada importante, por supuesto, pero como mi mundo es tan mío, creo que lo sería menos si las personas con las que me relaciono no tuviesen noticia alguna de él.

Para cuando sucedió lo que pretendo contar, ya me pintaba los labios; y con esa edad ya se sabe distinguir un queso de una hogaza. Incluso sin ser horticultura, puede verse un melón en mitad de los hombros de algunas personas, que después tienen el atrevimiento de llamarlo cabeza. ¡Ia, ia, ia!

Pues tenía esa edad cuando dispusieron que habría que asistir a clases de redacción. Aventura extraordinaria, porque hay que ver lo que cuesta separar lo útil de lo necesario, lo conveniente de lo superfluo, lo práctico de lo inútil. Trabajoso asunto, puesto que de ser así todo en la vida, morirse ahora mismo es lo más económico, ecológico, práctico, santificante, lógico e inexorable, es decir, una solemne tontería. ¡Iiiii!

Y aquí estamos en clase de redacción, mire usted. Hoy, nuestro profesor, don Ramiro, ha sudado muchísimo por su melón; y llegó a la conclusión de que yo redactase una carta a mi supuesta madre. Yo me llamaba María. Yo era hija única. Yo era joven. Yo estaba trabajando en otra ciudad. Yo tenía novio, guapísimo, por supuesto. Mi guapísimo novio me había pedido en matrimonio (¡qué cosas, Dios!). Yo le escribía entonces a mi mamá y le contaba el asunto. ¿Está claro? Bueno, pues manos a la obra; y este fue el resultado de mi desgraciado ejercicio:

Querida mamá:

Te escribo hoy porque estoy muy alegre. No te puedes imaginar lo que me ha pasado. Antonio, el pretendiente del que ya te hablé en otra carta anterior, me pidió que me casara con él.

Salimos a cenar juntos y al final de la cena me regaló un anillo precioso en

señal de pedida. Es una pena que no estu-
vieras junto a nosotros, porque ha sido el
día más feliz de mi vida.

Tengo tantas cosas que contarte que
estaría escribiéndote todo el día. Pero
tengo que ir al trabajo y no me queda
más remedio que dejar esta carta. Es lo
primero que he hecho esta mañana. Te lo
mereces. Te quiere, tu hija María.

No se vayan a reír. Don Ramiro nos exi-
gía parquedad, economía de expresiones,
concreción, sin afectaciones, sin latigui-
llos, sin retórica, simplicidad y sinceridad. ¿Entienden ahora lo de *melón sobre*
los hombros?

Cuando llegó mi turno, le entregué la
cartita. Don Ramiro me hizo coger un
lápiz, un papel y me obligó a redactar la
carta a medida que él iba corrigiendo mis
errores de *redacción*.

—Señorita, no debe darse a las personas otro tratamiento distinto en las cartas
al que normalmente se usa con ellas. Si
usted cuando habla con su madre a diario

la llama *querida mamá*, en la carta debe figurar así; pero si la llama *mamá*, a secas, escriba *mamá*. ¿*Mamá* o *querida mamá*?

—*Mamá*, don Ramiro.

—Pues borre *querida*.

—*Te escribo hoy porque estoy muy alegre*. Realmente indecoroso. De aquí hay que deducir que si usted no está alegre, no le escribe a nadie. Que sólo cuando está *alegre*, es decir, con ganas de divertirse, se acuerda usted de su madre, mejor dicho, de su *mamá*. ¿Es que su *mamá* es otra diversión? ¿Es que le hace gracia su *mamá*? Además de un error de apreciación, tiene usted una perogrullada de idea al decirle que *te escribo hoy*. ¿Cuándo le está escribiendo: hoy, mañana, ayer? Retórica, señorita, retórica.

—¿Entonces...?

—Tache, tache, evite cosas innecesarias. Veamos... *No te puedes imaginar lo que me ha pasado*. De esto hay que deducir que su *mamá* es tonta o lela. La pobrecita es tan corta de razón que no se puede imaginar nada. Es una propuesta absolutamente insultante. ¿Quién se cree usted que es para sentenciar a su madre como a un ser falto de imaginación? Es usted muy cruel.

—Lo siento, don Ramiro, no creía que eso fuese...

—Tache, tache, señorita.

—Tachado, don Ramiro.

—Así que *Antonio, el pretendiente*... Insiste usted en creer que su madre es una cretina. *Antonio* ya es conocido de su *mamá*, porque ya se lo ha contado en *otra carta anterior*. ¿Cuántos Antonios hay en su vida? Y de todas maneras, ¿es una noticia para su *mamá*, para usted misma, que su pretendiente le pida que se case con usted?

—Visto así... no.

—¿Y cómo quiere usted verlo? Usted tiene un *pretendiente*. ¿Qué es lo que pretende? ¿O es que usted se relaciona con cualquiera llamándole *pretendiente*? ¿Soy yo su *pretendiente*?

—No, por Dios.

—Pues si yo no soy su *pretendiente* porque no la pretendo a usted en matrimonio, lo más lógico es que el *pretendiente* sea alguien que pretende casarse con usted, ¿o no?

—Claro.

—Pues entonces ahórrese usted explicar que la persona a la que llama usted su *pretendiente* quiera casarse con usted. Además, aclara usted más adelante que ha salido a cenar con él y que le ha regalado un *anillo de pedida*. Esto es una locura. Usted sola en una ciudad, tiene un pretendiente y le cuenta usted a su *mamá* que sale con él a cenar. ¿Suele cenar con cualquiera cada noche? ¿*Antonio* no cena nunca con usted? ¿Nunca sale con *Antonio*, o es que lo recibe usted cada noche en su habitación, menos ese día? Me parece que es un acto de crueldad explicarle eso así a una madre. A menos que esa madre sea una *cabeza loca*.

—No es mi caso.

—Pues más a mi favor. Falta de tacto.

Además dice usted que le entrega un *anillo en señal de pedida*. ¿Qué es lo que está pidiendo? No responda. Será un *anillo de compromiso*. Porque él no tiene que pedirle nada a usted. Usted le dará todo cuanto sea conveniente cuando sea su *esposa*.

—¿Entonces?

—Tache todo ese berenjenal de atrocidades y deje *Antonio*, ya que así su madre sabrá de quién está usted hablando. Y fíjese que, además, considera usted como una *pena* que su madre no hubiese estado junto a ustedes. Tiene usted incluso la desfachatez de decirle que fue el día más feliz de su vida. Denigrante. ¿Cómo puede sentirse una madre que recibe tan ultrajante mensaje? De todos los días de su vida, para usted el más feliz es aquel en el que, prácticamente, un desconocido, al que usted citó en una carta anterior, le regala un anillo. ¿Es que la vida vivida junto a su madre, a sus hermanos...?

—Quedamos que yo era hija única...

—...Bueno, junto a sus padres... ¿Ni siquiera ha habido un día que realmente fuese más hermoso, más feliz que ese otro día de una simple cena con un anillito al final? ¿No es más fuerte, duradero y vitalicio el compromiso de una madre, que no necesita ni anillos, ni escrituras, ni bendiciones? Mal o muy poco debe usted querer a su madre para reducirla a simple testigo de su día más feliz.

—Creo que...

—Debería usted quitar todo eso. Es cruel, incluso para mí, que no soy su madre.

—Es evidente.

—Va usted comprendiendo, y me alegro, señorita.

—Gracias.

—De nada. ¿Por qué tiene que contarle tantas cosas a su madre? ¿Nunca le ha contado nada? ¿Es que, de pronto, la influencia de ese *Antonio* la convierte a usted en una incontinente y tiene deseos irrefrenables de estar escribiendo un día entero? Esa potencialidad de intentar escribir un día entero, ¿no se le antoja a usted como una figura exagerada? Además, si va a estar usted todo el día escribiendo, diciéndole las barbaridades hasta ahora descritas, más le valdría dejar la mano quietecita...

—Como un congrio seco...

—Puede valer la figura, pero realmente no era necesaria.

—Perdón.

—No hay por qué. Es usted tan generosa que le dice usted a su madre que no puede seguir escribiendo porque tiene que irse a trabajar. Se supone que está usted viviendo de *algo*, señorita. Y no precisamente del aire. Y que los *Antonios* no le están pagando la cena diariamente.

—Faltaría más...

—Pues eso... fuera obviedades y ridículas disculpas. Porque cuando quiera usted escribir un día entero, escoja un domingo o cualquier día de descanso. Se ve descaradamente que no es usted sincera. La verdad, no obstante, pese a su falta de caridad, se le escapa en dos palabras: *Te quiere*. Vea usted cómo el amor traiciona toda conjetura. Ha ido usted directamente a su verdad interior: el amor, el amor que tiene usted hacia su madre. No diga además: *Tu hija María*. Quedamos que sólo tiene una hija. Borre todo lo inservible, lo insultante, lo banal. Deje escapar la sinceridad de su corazón. ¿Qué es lo que queda, por fin?

—Pues poco, don Ramiro.

—No importa, si es directo.

—Allá va: *Mamá: Antonio, te quiere.*

—Genial, señorita, me ha dejado usted sorprendido... ¡Qué sencillez! ¡Qué bien ha sabido usted concretar las ideas! A veces un par de palabras pueden contener en sí mismas todo un conjunto de vivencias de siglos, de experiencias. Fíjese en las fórmulas matemáticas: concreción, justeza, simplicidad y exactitud. Tras estas primeras indicaciones me gustaría que redactase usted la posible respuesta en la carta que le contestaría su madre.

—¿Ahora?

—Sí, señorita, el llanto sobre el difunto.

—Pues ya está.

—¿Cómo, ya?

—Ya, ya, lo que se dice ya.

—Es imposible.

—Qué va, don Ramiro, son tres palabras. Tenga.

—Bueno, si usted lo dice... Veamos: *Mamá, stop. Papá.*

—Es sorprendente. Pero no llego a comprender exactamente el contenido. ¿Por qué la firma su papá?

—Es muy sencillo, don Ramiro. Estas tres palabras vienen a explicar, chispa más o menos, que mi madre dedujo por mi carta que me iba a casar prontamente con Antonio. Por lo tanto, sacó todo el ajuar que tenía guardado para mí, que fue comprando durante tantos años, añadido inclusive con parte del suyo de novia, que lo tenía intacto esperando esta ocasión, como suele suceder en todas las familias de la región. Pensando en los niños, cosa que a las mujeres generalmente nos interesa algo, salió a comprar dos conjuntos, uno en rosa y el otro en celeste, por aquello de que no haya posibilidad de equivocación. Así que mi madre le dijo a mi padre que iba a comprar una canastilla de embarazada. No le explicó que era para mí, hija única. Tampoco le dijo a mi padre que yo le había escrito una carta explicándole mi próximo casamiento. Como mi madre salió de inmediato a hacer la compra de la canastilla, seguramente porque estaban de rebaja y no quería perder la oportunidad, mi padre topó con la carta que yo le escribí, según sus criterios de concreción y economía de expresiones. En ella leyó eso de *Mamá: Antonio, te quiere*, y como mi padre se llama Joaquín María, se creyó que ella andaba liada con Antonio, un vecino con el que ella trata muy a menudo; y pensando que yo estaba al corriente del asunto, me escribe explicándome que tan pronto llegó a casa con la canastilla, le dio un par de navajazos. Es

decir, que la mató, de ahí lo de *stop*, angli-
cismo válido para esta especial circuns-
tancia. Observará que no trae el sello de
la prisión, por no levantar alarma social
entre mi vecindario, pues ya sabe lo que
son las comidillas.

—Me deja usted sorprendido.

—Y eso que no le he contado todavía la detención, el entierro, el juicio, la sentencia y la apertura ante el notario del legado que deja mi madre y los bienes de mi padre, que también puedo disponer según su voluntad. Porque con la edad que tiene no llegará a los treinta años de condena.

—¿Y qué hará usted ahora?

—Disponer de la herencia y pagar una buena escuela donde no haya un maestro tan imbécil como usted, don Ramiro. ¡Ee, ee, ee!

LA PANARRA

Ha de saberse, antes que nada, que el pueblo conocido como Planar de la Sierra no está en la sierra ni mucho menos, es más, tardaríamos más de cuatro días andando para llegar desde la ermita de San Victorico hasta los aledaños de los Montes del Coronel, que no son sino unos alcores con más nombre de grado que de altitud.

Allí en medio, por decisión de un cacique afrancesado, se yergue Planar de la Sierra, a cuyo alrededor no hay ni un inocente acebuche, tanto es así que los gorriones hacen sus nidos entre las piedras, disputándose cada chinorro con las perdices.

El alcalde de tan distinguida villa prohibió los cohetes cambiándolos por sopapos, y la caza con escopetas o perchas, porque podía espantar a los pocos gorriones y avechuchos que rondaban por allí. Así que para comer arroz con pájaros había que correrlos a base de pedradas, asunto en el que andaban muy diestros los habitantes del lugar.

La coqueta ermita de San Victorico tenía una pequeña campana alojada en una semitorre, la cual hacía sonar la sacristana a base de ladrillazos unas veces y otras con piedras parecidas a los cantos rodados, para no dañar el bronce. La tal sacristana no erraba nunca. De esta habilidad podría escribirse un tratado completo, ya que si el lenguaje de ciertas regiones se fundamenta en sonidos guturales y expresiones cacofónicas, aquí en Planar de la Sierra lo más normal del mundo es que un mozo llame a su pareja a través de una sonora pedrada a su balcón. Si alguien recibe un chinazo en la espalda, no piense usted que se trata de un acto vandálico, no, sino un ejemplo de ternura con el que un vecino saluda a otro. Son así de naturales.

Con estas habilidades tan peculiares era comprensible que las palomas que un día habitaron la ermita huyeran discretamente con el buche y el pescuezo lleno de lobanillos. Por aquellos lugares no volaban ni los ángeles. Los aeroplanos tampoco, por si acaso.

Pues allí en medio, en la plaza del pueblo, está todo el año abierto el bar de un tal llamado Victorico, que además es un nombre muy común entre sus habitantes, Victorico o Victorica, según su condición. Sépase que san Victorico fue, junto con otros, mártir en Amiens (Francia), al que en tiempo del Imperio romano le perforaron las narices y las orejas con sortijas de hierro incandescentes y le taladraron las sienes con clavos ardiendo, degollándolo posteriormente, porque si no, no había manera. De ahí la costumbre de este pueblo de llevar tanta sortija de hierro y cobre. Pues bien, en el bar de Victorico se reunía media población cuando llegaba la tarde.

Vino blanco y habas pochas; otras veces un cucurucho de manises, chochos o caracoles, según la época. Y fue en pleno verano cuando apareció planeando por encima de los parroquianos una panarra dando bandazos de parte a parte.

La gente que chupaba los caracoles con el monótono chuí-chuí se quedó perpleja viendo el mamífero volátil. La parroquia pensó en el atrevimiento del bicho. Uno de los Victoricos que andaba por allí comenzó lanzándole un caracolazo. Erró. Los vaivenes del murciélago eran imprevisibles. Pronto todo el mundo secundó al primero, hasta convertirse aquello en una cacería colectiva. El bicho volaba con descaro, pero no le atinaba ni Cristo; era un ejercicio baldío. Optó el intruso por desaparecer. Al rato volvió con nuevos vuelos rasantes y provocativos. Alguien dijo:

—¡Olé una panarra con dos cojones!

Sí, señor. Había que tenerlos muy bien puestos para hacer un alarde como el que estaba exhibiendo.

Victoricos y Victoricas se quedaron mirando las habilidades planeadoras del avechucho.

Se aburrieron de verlo en interminables trenzados y picados, optando a la postre por ignorarlo.

La panarra, que no era tonta, se dio cuenta de que era tratada con tolerancia por ser un ejemplar único, y usó de este privilegio para posarse allí, en medio de la plaza, al pie de la farola.

—¿No sirve para el arroz?

—Me parece que este bicho hace mal caldo.

—Pues que vuele, que vuele.

Así que la dejaron en paz. Y la panarra, fiel a su cita, aparecía cada tarde en el lugar sin que nadie osara tirarle ladrillos ni caracoles.

Cuando a uno de los victoriqueños llamado Fusciano (en memoria del compañero mártir de san Victorico) le dijeron que la panarra se alimentaba de insectos, dejaba todas las tardes debajo de la farola un montoncito de cigarrones y moscas de caballo. La panarra iba al lugar señalado y se ponía oronda, mientras que el resto de los comensales hacía el chuíchuí caracoleño.

Fusciano se fue acostumbrando y llegó a darle de comer en su propia mano, y hasta le enseñó a fumar. ¡Habrase visto tal desparpajo! La gente optó por echarle alguna perra gorda en la boina para que Fusciano se tomase un biberón de vino blanco cuando terminase la pitanza. ¡No había televisión, Dios mío!

De esto hace más de cuarenta años, y Fusciano sigue dándole de comer a la panarra en el mismo sitio y a la misma hora. Como cosa curiosa, la gente acude a ver tan extraordinario espectáculo y le echan centimones de euros.

Por mi santa madre, creo que una panarra no dura cuarenta años, ¿no?, y es que el tal Fusciano ha debido de poner una granja panarrera para que no se pierda el oficio.

MATAGATOS

No recuerdo bien mis primeros meses de vida. Creo que mi madre me parió siendo ella aún muy joven. Mi padre era un cruce de mastín y galgo, mi madre una bodeguera muy grande, según la recuerdo. Así que no tengo raza definida ni apreciada por los entendidos. Algo debieron ver en mí los dueños de mis padres porque no me pusieron en manos del matagatos, como hicieron con los cuatro hermanos que nacieron conmigo. He visto, siendo ya adulto, cómo el matagatos venía y, para no hacer sangre que manchara la estancia, ponía un barreño de agua templada, y así los cachorros no se quejaban del frío. Luego los ahogaba uno tras otro, sin que sufrieran. El primero que ahogó era un precioso cachorrillo totalmente blanco. Eso sí que lo recuerdo como si hubiera ocurrido esta mañana. Algunos niños que veían la escena lloraban sin comprender algo tan sencillo; otros se reían muchísimo, como humanos que son.

Siempre me dieron de comer mendrugos cubiertos de moho, que están riquísimos. Me sacaban al campo muy de mañana para levantar la caza. Siempre fui un experto en descubrir madrigueras. Cada vez que hallaba una, mi dueño me acariciaba el hocico. Era una satisfacción para mí el saberme útil. Cierto día descubrí más de muchas madrigueras y mi dueña me dio por premio un pollo entero. Yo había comido alguna vez patas amarillas de pollo, que estaban buenísimas, pero aquello era distinto, mucho más sabroso. Los gusanitos que le salían del buche le daban un olor especial. Pude comer tranquilamente, porque los niños se fueron tapándose la nariz. Durante la comida solían tirarme chinorros. A mí me sigue gustando jugar, pero ya no puedo.

Esa mañana me desperté enfermo, no podía obrar, los huesos del pollo me habían obstruido la tripa y anduve aullando. Grité tanto que mis dueños me echaron a patadas para que me fuese al campo. Así lo hice. Estuve muchos días deambulando de un lugar a otro, del arroyo a los pedregales, y de aquí a los pastizales para comerme las majadas de las vacas y de los mulos, que son muy digestivas. Cuando pude obrar, estaba desnutrido y bastante débil. Mis dueños no quisieron acogerme, y los niños salieron a tirarme piedras, porque era la costumbre. Apenas me dieron algunas de refilón, pero sólo una pedrada bastó para romperme mi pata trasera, la que es blanca sin manchas.

Como no podían ayudarme y tirarme piedras al mismo tiempo, huí hacia el camino y el matagatos me vio. Al no tener preparado ningún barreño, comprendí que no me mataría como a mis hermanos, porque el buen hombre me lió mi pata con tiras de cuero, me dio agua y un mendrugo blanco, muy blando, que me tragué de un tirón. Luego me echó. No podía entrar en su casa. Allí guardaba los barreños.

Llevo tantos inviernos dando vueltas por todos los caminos que no sé adónde ir, y siempre cojeando. Me duele la boca de alguna cosa que comí de la basura. Me duele tanto que no puedo soportarlo. He decidido morir por mi cuenta para que el matagatos no tenga que calentar agua.

Esta carretera está muy bien. Pasan muchos coches a gran velocidad. Escogeré uno que sea blanco sin manchas, como era el primer hermano que metió en el agua el matagatos. No sé por qué no me escogieron a mí antes que a ninguno.

Por allí viene un coche blanquísimo, grande, reluciente, a gran velocidad. Tan pronto pase por aquí me lanzaré sobre él… ¡ahora!

EL HOMBRE DE LOS INVENTOS

Menos mal que existen
los que no tienen nada que perder,
ni siquiera la muerte.
Menos mal que existen
los que no piden qué palabra echar,
ni siquiera la última.

SILVIO RODRÍGUEZ

El alma blanca existe, como existen la sombra blanca, la noche de hojalata, la muerte dulce y el ocaso explosivo.

La Sevilla de Monipodio se prolonga todavía llegando incluso a pasado mañana con la misma intensidad que se mostraba anteayer o esta misma mañana. Ciudad intranquila impregnada de artistas inventores de la autoexaltación, amada por su pretérito, repudiada por su futuro sin haber conjugado su presente, odiada por otras ciudades hasta la consumación del fratricidio. Sevilla posee recursos suficientes para dormirse y admitir huéspedes en su propio lecho.

En su historia destacan sucedidos importantes, como en otras ciudades de menor o mayor esplendor en su recorrido histórico. También guarda en su memoria lugares insulsos o sabrosos, y, al igual que en todas partes, personajes dotados de la gracia santificante que propician su recuerdo y otros dignos del gozoso olvido eterno.

Gráficas del Sur fue bendecida por la gracia del fervor artístico. Fue una imprenta, lo más parecido a un santuario tipográfico, donde los hermanos Sáenz oficiaban de celebrantes ayudados por acólitos cualificados en tan sagrados y delicados menesteres.

Joaquín (don Joaquín Sáenz), el mayor de los hermanos, ejerció la jefatura artística y sentimental de aquella cripta fructuosa a la que acudíamos fervorosos parroquianos de diferentes colaciones. Gráficas del Sur era la última consecuencia histórica de las imprentas de esta ciudad, cuyo más cercano predecesor fue el taller tipográfico de Emilio Rasco, establecido en la calle Bustos Tavera, capítulo que comenzó con los impresores sevillanos de incunables, y que fueron historiados por Hazaña y De la Rúa, Torre Revello, Francisco Vindel y otros más recientemente.

Durante una visita a Gráficas del Sur, en la calle San Eloy, era normal encontrarse con gente muy diversa: pintores, músicos, galeristas, poetas, escritores, fotógrafos, cantaores... Allí conocí, coincidí o saludé a Fernando Zóbel (pintor), Antonio Huerta (pintor y funcionario administrativo), El Peregil (cantaor), Félix Cárdenas (pintor), Alberto García Ulecia (poeta y profesor de Derecho), Paco Molina (pintor), Pepe Romero (músico), Juan Romero (pintor), Marina Díaz Velázquez (pintora), Manolo Armijo (pintor y tuno), Fernando Ortiz (poeta),

Juan Fernández Lacomba (pintor), Paco Reina (pintor), Guillermo Pérez Villalta (pintor), Paco Cortijo (pintor y maestro de grabadores), Paco del Río (escritor, investigador), Paco Cuadrado (pintor), Mercedes de la Gala Soria (pintora, grabadora), Cristóbal (pintor), Félix Gómez (galerista), Fausto Velázquez, Pepe Soto, Estirado... Carmen Laffont... Castrillo...

Era gente que visitaba aquel *sancta sanctorum* como cosa habitual. Existe una biografía de Joaquín Sáenz, tratada a modo de *Conversaciones,* escrita por Francisco L. González Camaño, donde bien puede valorarse la importancia patriarcal de Joaquín en esta ciudad durante muchos años.

Ahora, *antes de que el tiempo acabe* y se conviertan en pavesa los recuerdos que aún me quedan de algunos personajes, quiero agradecerme a mí mismo la suerte de tener grabado a uno de ellos, tiernamente superior y que se destaca entre los demás visitantes de Joaquín Sáenz, por la poca o ninguna importancia histórica y artística que tenía.

Lucía una frente amplísima, rotunda, donde guardaba una mente débil, tierna, desconcertada, habitante de la inocencia, pozo de mansedumbre, necesitado de cariño, tacto, comprensión o algo parecido a la amistad. Creo que contaba con poco más de cinco años en su alma y alrededor de sesenta en su cuerpo.

—Madre, ¿por qué las niñas se ríen de mí...?

—Hijo, porque ere un chico muy simpático.

—No quieren jugar conmigo.

—No entienden más que de muñecas, y tú inventas otros juegos... Eres como un adulto... un muchacho.

Sólo conozco o recuerdo algunos datos, ni tan siquiera su nombre sé, lo conocí y recordaré siempre como el *Hombre de los Inventos*. Podría indagar para ampliar información acerca de este personaje absolutamente extraordinario; pero eso requiere una labor paciente, casi mágica, porque no sé a quién podría dirigirme que considerara digno de interés un tratamiento singular de este desconocido inventor. De todas maneras, saber algo más de él no evitaría su recuerdo impresionante.

Como nadie lo ha hecho hasta la fecha, según tengo entendido, presupongo que el Hombre de los Inventos representa uno de los infinitos seres que transitan y que apenas dejan alguna huella volátil que recuerde su existencia.

Tenía entonces nuestro hombre una altura considerable y un cuerpo extraordinariamente proporcionado. Su estructura cuadrada y musculosa se había descompuesto un tanto, propiciado por el castigo de la edad, marchaba con pasos lentos, desvencijada su columna vertebral cayendo hacia el costado derecho, pareciendo prolongar su brazo del que pendía una rotunda cartera de cuero con dos hebillas y una cerradura inútil.

—Madre, dicen que soy muy alto. ¿Tan alto soy?

—Lo eres, hijo, como lo fue tu padre, y como era el mío también. En nuestra familia todos los hombres son altos.

Su manos eran hermosas, como su mandíbula, como sus ojos, como su generosa boca en la que habitaban pocos dientes, labios que simulaban seriedad, a los que traicionaban una sonrisa constante, involuntaria, congénita, perdida...

—Madre, ¿por qué me faltan dientes?

—A mí también me faltan. En nuestra familia perdemos muy pronto los dientes, hijo.

—¿Te duelen tanto como a mí?

—Un poquito. Yo sé que a ti te duelen mucho, pero el médico te va a curar, te quitará el dolor.

Vestía profundamente de negro, igual que su corbata solemne y brillosa. El cuello de la camisa blanca impoluta estaba zurcido hasta la saciedad con limpieza luminosa.

Andaba calle arriba o calle abajo, colgando de él su cartera de cuero, como si portase mil kilos de plomo o un lagar infinito de esperanza. Paso lento y ceremonioso sobre los zapatos adheridos a sus pies, epidermis final y definitiva.

Entraba en la imprenta de los Sáenz, aguardaba su turno pacientemente, y luego, tras una prolongada espera, se acercaba al maestro saludando con solemnidad.

Don Joaquín, que así lo llamaba nuestro personaje, le preguntaba alguna cosa, como trámite necesario, y esperaba entonces el muestreo que habría de hacerle el Hombre de los Inventos. Ante mí, espectador privilegiado, pude ver que abría con pulcritud su carterón de cuero y de él extraía su último trabajo. Lo mostró a *Don Joaquín*. Era un botellín de cerveza Cruzcampo. De momento no se apreciaba nada extraño en el envase de cristal. Luego, podía verse un orificio en el gollete del botellín, que el inventor había perforado no se sabe cómo.

Explicó entonces, a través de un discurso apocopado, que el botellín lo había convertido él en una aceitera. El recipiente se llenaba de aceite o vinagre, se tapaba con un tapón de corcho para que no se derramara al servirse su contenido a través del orificio practicado. Le comenté mi admiración por la paciente labor de perforar el vidrio y la originalidad del invento.

A uno de los presentes, cuyo nombre no diré porque no sé quién fue, le pareció risible la primitiva aplicación y mostró su áspero criterio riéndose a carcajadas. Viendo que nadie comprendía su aguda inteligencia ni compartía su hilarante expresión, optó por permanecer de la mejor forma que podía, mudo como un cerdo degollado.

Don Joaquín se mostró respetuosamente interesado en el invento. Pidió precio y el Hombre de los Inventos tasó su obra. No hubo regateo, pues los artistas saben lo desagradable que resulta que un marchante inicie el viacrucis de bajar y rebajar la obra del pintor. Don Joaquín pagó y tomó el invento. Se despidieron estrechando sus manos, con la misma solemnidad con que fue recibido.

Y así salía el Hombre de los Inventos con pasos solemnes y orgulloso de haber culminado brillantemente su trabajo.

—Mamá, don Joaquín me ha comprado la aceitera. Aquí está el dinero.

—¡Qué alegría, hijo! Guárdate esas pesetillas en tu cajita. Las necesitarás para comprar materiales.

—Un señor que estaba en la imprenta se rió de mí.

—Bueno, hijo, le haría gracia, porque convendrás conmigo que la aceitera tiene su gracia, ¿no, hijo?

—Sí, madre.

Transcurridas algunas semanas después del relatado encuentro, entró en nuestra librería de la calle Laraña el Hombre de los Inventos. Yo le había felicitado por el botellín-aceitera que le vendió a Joaquín, y el buen hombre pudo localizarme para contactar conmigo nutriendo su pequeña red de clientes.

Abrió la cartera de cuero y sacó dos piezas recién salidas de su taller. Las detallo:

• Hacha para partir almendras. Compuesta de mango y boca, especial para partir almendras o nueces, según explicó.

• Estropajo metálico con agarradera de elástico. Para fregar a mano. Fabricado con virutas de acero provenientes de un torno de metales.

Hicimos trato, pagué el precio que pidió y quedamos tan amigos después de un fuerte apretón de manos.

He guardado celosamente hasta hoy los dos inventos.

Pasó el tiempo (¡cómo no!) y no volví a tener noticias de él.

Pregunté a alguien, no sé si a Joaquín o al lucero del alba, sobre aquel Hombre de los Inventos... del que hacía años no sabía nada.

¡Ah! ¡Qué respuesta!

Al Hombre de los Inventos se le murió su madre, que era quien le cuidaba. Quedó solo, huérfano y, según parece, sin nadie que pudiera seguir ayudándole. Era ya mayor, muy mayor para ser tan niño. Fue acogido en una institución para personas como él.

El asilo estaba regentado por unas caritativas monjitas que se dedicaban celosamente a atender a los internos. El Hombre de los Inventos, al igual que todos los residentes, tenía que cumplir unas normas, unos requisitos. No era posible autorizar la instalación de un taller entre medio de las camas. Tampoco tenían en el asilo una habitación dedicada a metalistería ni nada parecido. Hicieron la caridad de retirarle su carterón de cuero relleno de herramientas, maderitas, alambres y trozos de chapa. Allí no se podía trabajar porque estaban todos los residentes dedicados a disfrutar del merecido descanso, preparándose para el tránsito a la otra vida, donde les esperaba Dios misericordioso.

Las caritativas hermanitas conducían a sus pupilos hacia el reposo espiritual, a la placidez de la existencia que les quedaba de la dichosa vida regalada por el Señor, al rezo continuo buscando su gloria, porque estaban ante su puerta y había que hacer guardia para sentarse a la diestra de su benefactor eterno.

—Yo quiero rezar con madre, ella me dice las oraciones y yo la sigo.

Todas las noches se acostaba guardando entre sus manos un pequeño destornillador con mango de acero, como siempre había hecho en su casa. Se lo había regalado su padre cuando él era un crío todavía.

En el asilo, el Hombre de los Inventos un día amaneció sin vida, enroscado como un feto, con el destornillador entre sus labios, asido fuertemente con los dedos. Las hermanitas, preocupadas por el fallo en la seguridad, no sabían de qué manera logró esconder esa herramienta durante tanto tiempo sin que nadie conociera su existencia.

Un destornillador con punta y mango de acero convertido en chupete de metal, extremadamente duradero. Su primer y postrero invento a mayor gloria de Nuestro Señor.

D.E.P.A.

UN CUMPLEAÑOS

Las tardes suelo comenzarlas yendo a comprar al supermercado más cercano. Antes de realizar las compras tomo un café en el bar que el mismo súper tiene instalado anexo.

Casi siempre coincido con una muchacha de apenas veinte años, vestida con ropas muy vaporosas, propias para una mujer de medio siglo, nada realmente deslumbrante ni provocativa. Toma leche manchada y paga la consumición justamente con las monedas que trae apartadas en un pañuelito, que previamente saca de una moderna mochila.

Siempre pregunta:

—¿Cuánto es?

—Uno veinte, Marita –le contesta la dependienta, con cuidados modales y dulce mirada.

—Gracia, Loly –le contesta con el susurro de una letanía.

Marita no ha pasado todavía por el mundo, vive flotando entre el candor y la inocencia mística. Sus ojos miran hacia otro lugar, su boca se queda abierta, estáticos sus pies, descolgados sus brazos. Todo su cuerpo espera una orden para establecer la armonía, el ritmo, expresar la belleza escondida... la palabra envuelta en el miedo. Nunca dejó crecer sus ideas, no conocía las delicias del odio, algo sabía del dolor, su único lenguaje era la ternura, el trato cariñoso, su confianza y el respeto sagrado hacia cualquiera...

El charcutero era el único dependiente al que ella acudía cada tarde. Hombre de finas intenciones sádicas.

—¿Qué te pongo, Marita?

—Un cuarto de jamón de york. Dice mi mamá que me lo ponga para que me cueste 3 euros. Es lo que me ha dado.

—Dile a tu mamá que yo no soy una báscula, que me pueden salir cinco gramos arriba o cinco gramos abajo. ¿Entiendes, Marita?

—Si no cuesta más...

—Y yo qué sé, Marita. Mira, ahora me han salido diez gramos más. En la caja di que te lo dejen en 3 euros.

Y entre dientes comenta: «En vez de mandar a esta retrasada, bien podría venir su santa madre...», o algunas ocurrencias propias de su condición, como quien da vayas a un compañero asesino.

Luego, Marita recorría su periplo acabando en la caja de salida.

Yo solía esperarla expectante para seguir el turno tras ella. La cajera hacía su trabajo y cantaba el importe de la compra.

—Seis con treinta, Marita.

Del pañuelo sacaba las monedas, las contaba y se las entregaba a la cajera:

—Sólo tengo seis euros, mírelos.

Entonces terciaba yo:

—No importa, señorita, los céntimos que faltan me los cobra a mí, porque Marita sabe que es un préstamo amigo.

Pagaba Marita y, antes de despedirse, yo solía decirle alguna cosa, *procurando hacer dulce y alegre mi acento*, como:

—Adiós, Marita, hoy sí que vienes guapa.

Miraba con dulce parpadeo los límites inexistentes de un huerto infinito con *cien árboles bellos y sólo una higuera*, daba las gracias y, a su natural agradecimiento, añadía:

—Con esto de hoy me tiene usted prestado cerca de dos euros.

—Bueno, Marita, cuando llegue Navidad me liquidas tu cuenta, ¿vale?

Y así se marchaba cada tarde, mientras se colgaba su mochila y emprendía la salida, como una Venus ignorada, sin espumas, bucles ni reflejos azules.

La escena se celebraba cada tarde con la misma sequedad del charcutero y la fresca tersura de Marita.

Una tarde, cercana ya la primavera, la esperé en la caja. La cajera me advirtió que Marita me debía cerca de cuatro euros. Su oficio podría un día sepultarla en billetes.

—Vienes muy guapa, Marita.

—Mañana sí que voy a estar guapa, señor.

—Como hoy, como siempre.

—No, señor, mucho más guapa, me lo ha dicho mi madre. Me ha comprado un vestido precioso. Me lo pondré mañana porque me van a llevar a un cumple. Estoy muy contenta. Ya verá usted qué guapa me pone mi mamá.

Por lo demás, lo mismo de siempre. Salió traslúcida a través de las olas del atardecer.

Dos días estuve sin visitar el supermercado. Cuando llegué a la cafetería, Marita ya no estaba o no había llegado aún.

Entré, hice las compras habituales y, ya en la caja, pregunté a la encargada:

—Y Marita, ¿no ha venido hoy?

—No, señor.

—¿Está enferma o es que ahora viene más tarde?

—No creo que venga más tarde. Yo
diría que no vendrá más.

—¿Le ha pasado algo? –pregunté teme-
roso e impaciente.

—Pues, verá, ¿no le habían comprado
un vestido para un cumple?

—Sí, su madre; y Marita dijo que iba a
estar más guapa que nunca.

—Bueno, pues en realidad su madre
me ha contado que le compró un vestido
nuevo, es verdad; pero no era para ningún cumple, sino para que estuviese más
elegante al presentarla en una residencia
para personas retrasadas. Marita creía que
era para un cumple. La madre dice que
cuando la dejó en la residencia no lloró,
simplemente puso un gesto de puchero.
En realidad, me dijo que Marita nunca
lloró por nada, ni siquiera cuando era un
bebé. Un caso extraño, aunque siendo
una retrasada, no sé, no sé... Bueno, Sr.
Padilla, al final de esta historia quien
más ha perdido es usted, porque Marita,
según mis cálculos, se quedó debiéndole

alrededor de cuatro euros, los cuales no podrá cobrar nunca, porque... ¿dónde va usted a reclamar?

Hay pérdidas indoloras y ganancias abominables.

EL VENDEDOR DE
SUEÑOS Y PATENTES

Conocemos a personas desde hace tanto tiempo que no podemos recordar cuándo fue la primera vez que hablamos con ellas, o cuándo, cómo y dónde establecimos dicho conocimiento.

Pertenecen a nuestro entorno, así el aire, la acera, la farola de la plaza, el repartidor de la frutería, la cartera... como nuestra propia historia, que a veces no ponemos en pie, engañados por la memoria o la secuencia aleatoria de los sucesos.

Yo tenía un amigo al que conocí no sé dónde el día menos pensado. Una tarde apareció en mi camino, como un aguacero de agosto.

—¿Qué tal estás? –me saludó afectuosamente, igual que un hermano.

—Bien, hombre, bien. Y tú, ¿cómo sigues? –contesté intentado encajarlo en el alveolo correspondiente. Me costó tanto trabajo situarlo que no pude acordarme ni de su nombre siquiera.

—Pues, igual que siempre, buscando la forma de ayudar a la humanidad, y yo soy parte de esa humanidad que necesita ayuda –dijo algo así o parecido, con cierta bis cómica intencionada.

—Como siempre, estás como siempre –oteé el paisaje para ver dónde situarme–. ¿Y qué haces para conseguirlo?

—Sigo investigando.

—¡Aja! Lo suponía. Como siempre –no tenía ni idea de qué era lo que investigaba, ni siquiera si sabía investigar. Proseguí–. ¿Algo interesante entre manos?

—Ahora estoy en un proyecto de movilidad que le ha interesado al Ayuntamiento, decididamente. El alcalde ha mostrado interés. Tan pronto lo tenga patentado me entrevistaré con él.

—¿Puedo saber en qué consiste?

—Algo realmente sorprendente. Te lo contaré en pocas palabras: un dispositivo automóvil especial que he ideado para que, a modo de patinete, se adhiera a los bordillos de las aceras, de tal manera que se puede desplazar sobre él cualquier usuario, a cortas o grandes distancias urbanas, sin necesidad de utilizar ningún otro vehículo y a un costo muy ridículo.

—¿No es peligroso? –inquirí con cierta intención.

—En absoluto, guarda una velocidad constante que impide alteraciones en el control de la inercia.

—Como cojas la acera de una manzana de casas te puedes llevar dando vueltas alrededor todo el día y parte de la noche, pienso.

—No, ahí entra el Ayuntamiento y mis soluciones a los problemas viarios.

—Menos mal que estás tú –le dije alabando su invento.

Me explicó luego algunas características técnicas del monopatín de acera, que por su complejidad no pude comprender entonces ni tampoco reproducirlas ahora. Todo lo tenía previsto: aparcamiento, sentido de marcha, contramano, averías, bordillos en mal estado, pasos de peatones... Más complicado parecía aquello del carril bici, y ya ven, las bicicletas se han comido las aceras y no pasa nada. ¿Por qué los patinetes no se pueden comer los bordillos, que es lo único que nos queda libre en las calzadas? Mi amigo, afortunadamente, era capaz de solucionar cualquier conflicto.

Aquella primera entrevista parece que fue milagrosa, porque a partir de entonces volví a cruzarme con él varias veces al mes. No eran encuentros forzados, no, sino casuales, porque se había mudado cerca de mi casa y así eran más frecuentes nuestros encuentros. Siendo un vecino conocido, la suerte estaba echada, y yo soy un hombre afortunado.

Le pregunté alguna que otra vez por el asunto del patinete y siempre contestaba con argumentos esperanzadores. Alguna comisión del Ayuntamiento estaba detrás de los últimos informes. Para dar el carpetazo a esta cuestión, un día me aseguró que tan pronto recibiera una respuesta del Consistorio, me lo comunicaría, porque apreciaba mi demostrado interés por el éxito de su trabajo. Andaba en otros asuntos de sumo interés y no podía perder ni un minuto más esperando la respuesta del Ayuntamiento.

Terció su atención investigadora hacia campos muy diferentes. Estaba terminando unos planos para presentarlos en el Registro de Patentes y Marcas, en los cuales detallaba un dispositivo especial de cinturones de seguridad ¡invisibles!, producto de sus investigaciones. Yo no acertaba a figurarme un dibujo donde se reflejara una cosa invisible. Era algo así como dibujar el olor de las sardinas asadas. ¡Ahí estaba el problema! Nadie era capaz de pensar en algo así y demostrarlo, pero él sí. ¡Ah!, lo mismo servía para ir en coche, en moto, que montando a caballo. Una cosa tremenda. Me rogó que no difundiera la noticia, porque aún no lo tenía registrado.

No le volví a preguntar más por el arnés invisible para que notase la fidelidad de mi palabra, ni él tampoco insistió en el asunto.

Otro día me contó una odisea que tenía como protagonista unas alzas internas que se introducían en el interior del zapato, adheridas al tacón para aumentar, aparentemente, la altura de quien las usara. Aquel asunto le traía bastante atareado. Esas alzas las tenía él registradas como prótesis externa hacía varios años. La patente era suya, por cuyo motivo había demandado al fabricante y vendedor que ofrecían el producto por televisión como algo original, sin que él hubiese autorizado su fabricación ni comercialización. Vamos, ¡un escándalo! Y es que en este mundo no hay vergüenza ni dignidad, al menos en estas cosas.

Registró otros inventos, según él, para evitar el peligro de ser *fusilados*. Ocurría así con la mochila-corredera, un especial artilugio para pasar la mochila de la espalda al pecho con un simple tirón del correaje, eso sí, invisible. Esta magnífica idea estaba coronada con dos modelos: uno para hombre y otro para mujer, adecuándose a las dificultades que presentaban las glándulas mamarias. También estaba ultimando los planos de un mirador cofrade: una especie de taburete de bar que podía elevar el sillín a la altura hasta de dos metros con sólo soplar un tubo flexible de plástico, a modo de bomba neumática. Ideal para ver las procesiones, por su poco peso, bajo costo de construcción y gran estabilidad. Sin embargo, a mí me pareció mucho más interesante un novedoso rascador de espaldas. Cuando se tiene necesidad de que le rasquen a uno las espaldas, nunca se encuentra a nadie en casa que lo haga. El rascador inventado por mi amigo se instala cogiéndolo en el quicio de una puerta, igual que unas pinzas gigantes. Se pone uno de espaldas, se presiona sobre el rascador y este gira sobre sí mismo. Luego se pliega sobre el interior de la habitación, hasta la próxima sesión de rascado. ¡Qué cosa más avanzada, Dios mío! Luego habría que considerar otros inventos menores: el calzador, en el que se instalan diez pares de zapatos, con selección automática, autolimpiado e, incluso, programable; las sillas antiarrastre, para evitar el ruido molesto al vecino de abajo; otros aplicables a diversas aplicaciones, terminando con un curioso sistema de aparcamiento de vehículos y con uno para que en los tendederos con ropa interior no fuesen identificables las prendas colgadas.

Pasaron algunas semanas y no tuve la satisfacción de volverlo a ver durante ese tiempo. No puedo decir que esto me preocupase, pero sí me tenía intrigado el asunto de la ropa interior. Tal vez solucionaría la excesiva pudicia de una chica conocida que solía vestir sus prendas íntimas incluso húmedas para evitar miradas indiscretas en los tendederos.

En fin, estas cosas suelen adormecerse con el paso de los días, y cuando más a gusto estaba pensado en el problema de resolver la mala calidad de las lentejas, tropecé de nuevo con mi amigo.

Lo encontré excesivamente grave en su trato. Le mostré mi alegría y satisfacción por volverlo a ver. A él le cambió entonces su expresión preocupante, tornándose algo más comunicativo y distendido.

—Te veo preocupado...

—Yo también me veo así. Mira, lo que llevo ahora no son pequeñeces como las que ya conoces, esto es más comprometido –dijo mostrándome un grueso cartapacio que portaba bajo el brazo.

—¿Comprometido? ¡No será para tanto!

—Sí que lo es. ¿Ves? Esta carpeta es un muestrario de material civil, que tiene una segunda versión bélica; o al revés, según se quiera interpretar.

—¿Material bélico? ¿Ahora fabricas bombas?

Rio a gusto con mi chanza y me devolvió la broma.

—Atómicas, pero más pequeñas, para tirarlas en las manifestaciones.

Algo más distendido, comenzó a relatar su nuevo invento.

—No se trata de un invento mío, no. He concluido por ahora mi etapa creativa. Esto es parte de un muestrario extenso en el que llevo trabajando varias semanas. Soy distribuidor en exclusiva. Concretamente este es un catálogo de helicópteros. Los hay desde dos plazas hasta para unidades aerotransportadas. Aquí aparecen con un nombre comercial. Mira, un Spiderman 8-40, sueco, pero matriculado en Qatar. Otro para transporte y evacuación de heridos, el Cumbracto 770, más caro pero con más prestaciones. Lleva cohetes antimisiles, bajo demanda, claro. No son de ataque, sino de autodefensa. Ahora, si se quiere incorporar un par de metralletas, tampoco hay problemas, la defensa es la defensa... ¿no?

—¡Claro! ¿Y a quién le vendes estas preciosidades?

—Hay gente que tiene invertido mucho dinero en fincas, instalaciones deportivas, extensiones enormes para la caza, estaciones de servicio, seguimiento para el tránsito de mercancías, compañías de vuelo, explotaciones forestales, almacenajes radiactivos, operativos contra incendios... Aquí en esta ciudad se puede contactar con Gobiernos norteafricanos muy interesados en las nuevas tecnologías armamentísticas.

—¿Obuses? –le pregunté como alguien que conoce el oficio.

—Sólo bajo condiciones muy estrictas. Primero el cañón y luego las piezas de artillería. ¿Cómo vas a comprar helados sin congelador? Lo vendemos todo, servicio completo.

—Será muy caro, ¿no?

—Para los compradores esto es sólo calderilla.

—¿Tienes tanques?

—Soviéticos, pero, entre nosotros, no son muy fiables... Yo no me compraría ninguno.

—Yo tampoco.

—Sabia respuesta.

Me informó de las condiciones de compra, su pago y revisiones técnicas. No me aclaró si todo el material bélico era ofrecido con o sin conductor, piloto, tirador... Es de suponer que personas como yo no necesitábamos ayuda, debido a lo inteligente que parecemos. Ya que no me quedé conforme con el alto concepto que tenía sobre mí mismo, intercedí alguna aclaración. Nunca se sabe lo que se puede necesitar el día de mañana.

—Si compro un helicóptero, ¿quién me enseña a pilotarlo?

—Yo, por supuesto.

—Me lo imaginaba.

—¿Reparaciones, repuestos...?

—Me llamas por teléfono y ya está.

—Servicio personalizado, ¿eh?

Así discurrió esta última entrevista, como ven, en términos amables, distendidos, a pesar de que los géneros comercializados no podrían ser más drásticos.

Pasaron varias semanas, incluso un par de meses, sin tener noticia alguna de mi amigo. Tal vez con las nuevas representaciones habría tenido que mudarse a una nave industrial donde mantener un depósito a la vista de los compradores, con un modelo al menos de cada aparato bélico o prebélico.

Cierto día, no hace mucho, ojeando la prensa local, sufrí un respingo demoledor. Un titular a tres columnas anunciaba: «Detenido en Sevilla el responsable de una red de tráfico de armas». Leí temerosamente la noticia:

La Guardia Civil detuvo ayer en plena calle a R.G.S., de sesenta años, vecino de esta ciudad, al que le fue intervenida voluminosa información sobre armamento bélico, incluido vehículos

anfibios y helicópteros de última gene-
ración. Según informó la Guardia Civil,
dicho individuo formaba parte de una
organización internacional dedicada
al tráfico de armamento. Planeaba las
entrevistas con compradores, a los cua-
les asesoraba sobre la conveniencia de
cada dotación. Los contactos los reali-
zaba en hoteles y también en embaja-
das, de lo cual existen grabaciones com-
prometedoras. El detenido ha quedado
a disposición judicial. Por estar consi-
derado un asunto de máxima gravedad
con numerosos implicados, el juez ha
dictado secreto de sumario hasta que
las diligencias sean completadas.

¡Dios! ¡Y parecía simplón! ¿Cómo iba a sospechar que detrás de aquella alma cándida se escondía un tortuoso personaje?

Tras esta perplejidad llegó el silencio. No volví a verle durante mucho tiempo.

Pero las cosas suceden espontánea-
mente; cuando menos se espera salta la
liebre, como dijo un marqués. Y así fue
que una mañana tropezó conmigo a la
puerta de la editorial. La sorpresa fue
mayúscula; la alegría mayor. Lo abracé

para cerciorarme de que estaba vivo. Grité casi:

—¡La leche, pero si eres tú!

—Sí, ya ves, el mismo, aunque estoy más cabreado que nunca.

—¿Tú eras el traficante...?

—Sí, el mismo. ¿No te ha molestado nadie?

Ante mi negativa, prosiguió.

—Han citado a todos mis amigos y vecinos para declarar.

—¿Tantos tanques has vendido?

—Ni una chapa de Gila. No me ha dado tiempo, hay mucha competencia.

—¿Entonces?

—Como hice una lista con un montón de tanques y helicópteros, se han empeñado en que tengo una almacén camuflado. ¡Cómo voy a tener un almacén de tanques sin licencia de apertura, con lo legalista que soy! Todos los folletos explicativos se pueden conseguir a través de Internet, pero ellos, ¡hala! Se creen que han encontrado una mina donde sólo hay miseria. ¡Son unos investigadores contumaces! Me han prohibido salir al extranjero, a mí, que lo máximo donde he llegado por el sur es a Algeciras, y por el norte a Santurce para la fiesta de la sardina... Volveré al asunto de los inventos, si es que no me lo prohíben también. Si te molestan preguntando, tú les dices que nunca me has comprado un tanque...

—¿Ni un bombardero?

—No, nada, que nunca hemos hecho negocio. Aunque ahora vengo a proponerte uno que te va a resultar muy sustancioso.

—De ti es posible esperar cualquier milagro.

—Esto que vengo a proponerte es como una lotería que puede tocarte si no lo impides. Ahora que está todo calentito, te propongo editar mis memorias. Será algo sensacional: *El mayor traficante de armamento sevillano se confiesa. La crueldad de la guerra...* ¿Lo ves?, un éxito seguro. Aunque, si no te atreves por el riesgo político que eso conlleva, puedes en todo caso editar un volumen que tengo preparado que se titula *Cincuenta sonetos a la Virgen del Carmen*. Eso sí que es poesía. Te vas a enamorar del texto.

El asunto del negocio bélico se fue esfumando y nunca más se habló en la ciudad de tan fantástico suceso.

Ahora, cada vez que viene a verme es para traerme algún original sobre su vida futura a través de la mentepsicosis, y, de camino, como es de esperar, me recuerda su poemario de la Virgen del Carmen.

Estoy pensando en editarlo. Aunque, como se dice en *Don Mendo*, cincuenta sonetos son pocos, hacen falta más sonetos... Se lo he dicho como en broma, y me ha prometido traerme otros cincuenta con estrambote.

Índice

La presente colección Esquina
Maravilla ha sido creada en
honor del librero Padilla, por
ser esta la casa donde nació y
pasó su infancia y juventud.

LAUS LIBRIS